MEMÓRIAS DE UM EMPREGADO

FEDERIGO TOZZI

TRADUÇÃO MAURÍCIO SANTANA DIAS

POSFÁCIO MA

CARAMBAIA

3 DE JANEIRO

Arrancar-me da embriaguez do ócio e da vagabundagem a que me abandonei livremente dos 15 aos 20 anos me parece uma sutil crueldade. E me ofendo quando alguém tenta me convencer de que eu também devo tomar uma estrada menos cômoda, porém mais séria. Um jovem inteligente e apaixonado não tem o direito de fazer o que bem entende? O amor me ocupa toda a minha alma; e me parece a única atividade adequada à minha consciência e altivez. Que não soe estranho o fato de eu me sentir ambicioso demais; aliás, por isso mesmo não quero trabalhar como todos os outros; e persisto na intenção de esperar, dia após dia, uma sorte privilegiada tal qual a imagino. E não admito transações.

5 DE JANEIRO

No fim das contas, fui posto entre a cruz e a espada por meu pai, que, me mostrando o renque de irmãos e irmãs, me convenceu a concorrer a uma vaga nas Ferrovias do Estado. Uma mirada, meio tímida e desdenhosa, à minha mãe grávida e ainda jovem me faz baixar a cabeça e chorar.

Quando fico sabendo que fui bem nos exames, o que mais lamento é ter de deixar a namorada. Amo de verdade minha Attilia; e ir embora de Florença, mandado a sabe-se lá qual estação, me dá a sensação de culpa por um crime. Pego a fotografia de Attilia e, banhando-a prazerosamente em lágrimas, lhe juro, como se ela estivesse bem na minha frente, que não é culpa minha. Como e bebo minhas lágrimas com uma voracidade que me deixa ainda mais desesperado.

Minha mãe me flagra e, com uma expressão em que percebo uma contrariedade absoluta e imutável, quase uma hostilidade egoísta, me diz:

— Gostaria de trazer a esposa para nossa casa? Acha por acaso que já não somos muitos sem ela?

Não tenho coragem de lhe responder; mas, com um calafrio a me correr por dentro da cabeça, faço-a notar que não estou disposto a ceder. E então me espanto por ter conseguido, pela primeira vez, desobedecer a minha mãe. Olho melhor para ela, quase com medo de mim mesmo; e ela, sem me dar mais atenção, abre as gavetas da cômoda para recontar a roupa que terei de levar comigo. As camisas são só três, as cuecas, duas, faltam os coletes de lã; os lenços precisam de um monograma para que a lavadeira não os misture com os dos outros ou os perca, os colarinhos já não absorvem a goma. Depois de terminar, ela me diz:

— Sua namorada deveria pensar em refazer suas roupas, já que ela se preocupa tanto contigo!

Eu, exaltado de alegria por defender Attilia, tiro do fundo da escrivaninha que me serve de esconderijo, e que creio a salvo de qualquer bisbilhotice, um embrulho bem amarrado; e consigo abri-lo com uma rapidez delicada:

— Olhe: ela me deu de presente esta gravata!

Parece-me tão bonita que mais uma vez meus olhos se enchem de lágrimas.

Ao me ver daquele jeito, minha mãe não ousa tocá-la para ver o avesso da costura; mas a despreza:

— Não vai durar nem um mês. É seda de má qualidade.

Então digo uma mentira:

— Ela também vai me comprar um par de sapatos.

Minha mãe fica pálida:

— E você não se envergonha de se vestir à custa dela?

Estou para confessar que menti, sinto a respiração me encher o peito como se fosse estourar. E respondo:

— Você não a conhece, não pode pensar mal dela.

— Eu conheço as mulheres melhor que você.

Tremendo, pergunto:

— Quando a encontrou?

— Pela fotografia, não me agrada. Por que se penteia desse modo?

Invento, com mais prazer ainda, outra mentira:

— Fui eu que pedi a ela.

— Não acredito. Você nunca diria a uma mulher como ela deve se pentear. É ela que mandará sempre em você.

— Você acha que, por gostar dela, eu lhe obedeço?

Enquanto isso, ela examina de viés a fotografia sobre a escrivaninha; com os olhos de mulher grávida, cintilantes, e as pálpebras baixas, parece agitada e pensativa. Sua proximidade é mais forte que a lembrança de Attilia: é preciso que minha mãe também goste dela.

E eu lhe peço:

— Promete falar com ela só uma vez, antes que eu vá embora?

— Vou falar com seu pai.

Enrubesço e me sinto sem coragem, embora experimente um prazer perturbador.

Inesperadamente, pela porta que tinha ficado aberta, entram minhas três irmãs, todas de 7 a 12 anos. Tenho apenas o tempo de virar a fotografia para baixo; e minha mãe, aproximando-se delas enquanto acaricia seus cabelos, me diz sorrindo:

— Você se envergonha até de si mesmo!

E eu, já sozinho, procuro entender se senti vergonha de mim mesmo ou deles.

Ontem à noite, durante o jantar, todos queriam rir de mim, porque minha mãe deve ter contado a todos sobre minha namorada.

Apenas os olhos da irmãzinha menor pareciam incapazes de me fixar com ironia, por mais que ela, mirando ao redor, buscasse o modo mais justo de obedecer aos outros, achando que aquilo era o certo. Meu pai me disse:

— Você vai nos escrever pelo menos duas vezes por semana. Você deve pensar em seus pais acima de qualquer pessoa.

Eu quis responder que ele estava aludindo à minha namorada, mas me faltaram forças. Não ousava sequer dizer que estava apaixonado. Em vez disso, perguntei:

— Quando vou partir?

— Acho que vão chamá-lo no fim do mês.

Meus dois irmãos arregalaram os olhos e ficaram sérios. O mais novo dos três falou:

— Vamos lhe mandar uns cartões-postais.

Mas minha mãe não gostou:

— Vocês vão mandar lembranças e assinar o nome quando nós escrevermos para ele.

Depois de terminar um prato, meu pai disse:

— No emprego você vai criar juízo; não vai ficar pensando em besteira. Se ficar devaneando, seu salário continuará sempre o mesmo. E, antes de perder a cabeça com coisas que dizem respeito a homens já independentes, é mais útil para você que eu lhe diga como deve agir. Você me escreve, e eu lhe respondo.

Meus irmãos riram, mas logo pararam. O pai continuou:

— A obediência aos pais não faz vergonha a ninguém. Todos sempre obedeceram. E, se quiser se casar tão novo assim, eu não darei minha permissão.

As irmãs e os irmãos começaram a gritar, rindo e batendo os talheres nos pratos. Meu pai disse:

— Vocês façam silêncio, e alguém vá buscar a torta para comemorarmos a partida próxima de Leopoldo.

Agora me pergunto por que comi a torta e por que me esqueci de Attilia.

2 DE MARÇO, MANHÃ

Toda a minha família estava na estação. Meu pai, nervoso, manteve as mãos sempre nos bolsos; mas a satisfação por eu ter encontrado um emprego o tornava até grosseiro com as pessoas em quem esbarrava. Minha mãe tinha uma expressão feroz; e tive medo de que adivinhasse onde se escondia minha namorada, que viera se despedir. Meus irmãos bocejavam e falavam da escola; minhas irmãs estavam vestidas com roupa de festa, e as duas mais velhas procuravam se fazer notar.

Quando o trem se moveu, me senti aliviado, mas não consegui rever minha namorada.

Escrevo no trem, num caderninho apoiado nos joelhos; tenho vontade de tirar do bolso do casaco a bela rosa, fechada e dura, que Attilia me deu; e, ao tocá-la, acho que me trará sorte.

2 DE MARÇO, MEIO-DIA

O desentendimento que ficou entre mim e minha família, por causa da namorada, me deixou confuso. É preciso que eu me torne uma pessoa má para não renunciar ao respeito que dedico à minha alma? Estaria me aproximando, quem sabe, daquela malícia que dizem indispensável ao aprendizado? Até aqui, acho que posso passar sem ela — para sempre. Mas é tão difícil ser bom? Quando consigo, todas as coisas me parecem bonitas. Ninguém compreende o quanto amo Attilia. Perto dela, um êxtase maravilhoso toma minha vontade e meus sentidos. O tempo não existe mais, somente um espaço infinito. Quando ela fala comigo, aperto-lhe as mãos em agradecimento.

Faz três horas que estou viajando e o tempo todo pensei nela; parece-me que ela está sempre fora do vagão, correndo com o trem, para não me deixar.

Há prazeres que fazem tão mal quanto a dor. E sei que nesta primavera me comporto feito um tonto que não consegue dizer duas palavras. Estou envergonhado e tenho medo até de meu riso.

Algumas vezes, dormindo, me voltam sensações da realidade que me assustam. Mas a realidade sentida no sonho tem o gosto que minha alma lhe confere naquele momento. Eu a meço com minha atitude habitual; e talvez não passe de um vago esboço que vive dentro de mim.

Agora, ao contrário, sinto o sabor da morte que virá sem se saber como; justo pela mesma razão que me fez começar a viver.

Chego a Pontedera depois das oito da noite. Pego a mala, pesada e incômoda, e me apresento ao chefe da estação. Quando entro em sua sala, ele nem se levanta da cadeira. É um homem velho, de barba grisalha; usa um barrete vermelho e fuma cachimbo. A lâmpada elétrica que pende sobre a escrivaninha ilumina muito pouco; e mal percebo os outros funcionários, que estão ali, me observando. O chefe da estação me pergunta:

— Tem prática no serviço?

Eu enrubesço e respondo:

— Não, é a primeira vez que entro numa estação. Faz um mês que prestei o concurso.

Ele olha para os outros, que parecem insatisfeitos e furiosos. Em seguida, conformado, me ordena:

— Amanhã, às sete, esteja aqui.

Ao sair, ouço-o esbravejar contra a direção do setor por lhe ter mandado um empregado inepto e não um já experiente.

Imediatamente me sinto ofendido e irritado; mas, para me habituar logo às contrariedades, dou minha mala a um servente, a quem ouço chamarem de Drago; digo-lhe que me leve a um refeitório onde também possa dormir.

Ao longo da rua, ele me segue bem de perto e me observa sem parar. Eu me zango e apresso o passo; pago e me sento a uma mesa da estalagem.

Drago gostaria de ter ficado para beber um copo de vinho comigo e, ofendido por eu não o ter convidado, me olha de soslaio com uma ironia provocante e maldosa.

Antes de se aproximar, a proprietária da estalagem me estuda demoradamente, apoiando-se com ambas as mãos nos batentes da porta. Então abaixo os olhos. Quando torno a levantá-los, vejo que ela não está mais ali. Em vez disso, eu a ouço vociferar com Drago, que aceita tudo, gemendo com a garganta rouca. Só não saio porque o peso de meu corpo é mais forte que eu.

Um maquinista come dois ovos, dá uma olhada no jornal aberto e outra em mim. Impaciento-me e bato com os nós dos dedos no prato vazio à minha frente. Ouço um barulho de cadeiras arrastadas, um vozerio abafado; e uma mulher, alta e imponente, vem perguntar o que quero. É a garçonete.

— Comer — respondo.

— Então vou chamar a proprietária.

Esta, que esperava atrás da porta, aparece; e ambas me observam silenciosas. O maquinista fixa o olhar tão intensamente em minha direção que me vejo forçado a virar para o outro lado. Com uma voz que tento tornar gentil, pergunto:

— O que tem hoje?

Mas a proprietária é ainda mais intratável e pretende me mostrar que não devo ser tão exigente:

— Quer uma sopa, dois ovos, um bife...

— Um bife.

Ela não disfarça seu ar ofendido:

— Não quer a sopa?

— Não.

— Mas temos um caldo excelente!

E olha para o maquinista, para que a apoie. Porém, me mantenho firme:

— Eu quero um bife.

Então, com um desdém implacável, me responde:

— Sim, senhor.

Dou-me conta de minha grande antipatia; e o maquinista, com um olhar atravessado, me confirma isso de maneira evidente.

Como e vou para a cama; mas, antes, tenho de provar a todos os que estão na estalagem que sou o novo empregado.

E, agora, preciso escrever para Attilia; mas pela primeira vez sinto que meu ânimo está impregnado daquilo que fiz e vi durante o dia de trabalho. Posso escrever a ela sobre essas coisas? Meu sentimento é parecido ao de um camundongo surpreendido em uma sala que se encheu de gente antes de ter tido tempo de voltar à toca. Por isso, apesar de meus olhos a procurarem no escuro, não posso escrever-lhe.

Então torno a descer da cama para tirar do bolso sua rosa e prendê-la no canto do espelho.

Levanto-me cedíssimo. Ouço duas ou três sirenes e abro a janela. O Arno e toda a cidade estão cobertos de neblina; mas, sobre uma construção, distingo o pequeno fio de fumaça que sai de uma das sirenes. Um trem chega. Sobre a barragem do rio, caminhando em fila, no sentido contrário ao do trem, há três mocinhas.

Visto-me e vou ao escritório. Meus colegas tomam o café da manhã com pão e uma fatia de toucinho.

Estou muito embaraçado; evito falar. Nesse meio-tempo, entra o diretor. Se não tivesse os óculos e o chapéu negro com listras douradas, eu o tomaria por um camponês baixo e robusto, de bigodes claros e olhos de um azul-celeste muito claro e gelado. Tiro o chapéu, e ele me pergunta com um ar entre indagador e malicioso:

— Por que ontem à noite não veio jantar conosco? Já havíamos preparado seu lugar.

— Não sabia onde encontrá-los.

Ele não acreditou e me repreendeu:

— Ah, não é tão difícil assim! É ali, veja.

E me aponta uma pequena taverna ao lado da praça da estação.

Meus colegas estão atentos ao que vou responder.

— Irei hoje.

Mas o diretor não terminou.

— Encontrou um quarto?

— Não.

— Já pensamos nisso. Vai ficar com o de Agostino, o carteiro que irá para Pisa.

Eu agradeço; e ele, para assegurar-se de que já não entrei em acordo — como fiquei sabendo depois — com o vice-diretor, seu inimigo, dá uma rápida esfregada de mãos e diz com uma benevolência afetada:

— Ensinem a ele o que deve fazer.

E sai. Quando estou a ponto de me perguntar se cometi alguma gafe, meus colegas dão uma risada. Um deles pega uma cadeira e a joga contra a do bilheteiro, que começa a xingar. Os xingamentos me incomodam, e me colo à vidraça da porta externa, olhando as pessoas que passam pela praça: poucos carregadores, muitas carroças abarrotadas, protegidas por lona ou coberta vermelha.

Drago, que passeia do outro lado do vidro, cospe assim que me vê. Eu conto tudo ao bilheteiro, e ele me diz:

— Se não lhe pagar uma bebida, não vai parar nunca.

Depois de meia hora, consigo enfim trabalhar. Mas os registros estão a tal ponto cheios de emendas e rabiscos que não sei o que devo escrever.

Depois do almoço, vou ver o quarto. Fica na cidade. Após uma escada estreitíssima e escura, é preciso atravessar um cômodo cheio de pacotes. Numa espelunca sem janelas nem porta, um homem ronca. Uma mulher me explica que é um carregador descansando do trabalho noturno.

Meu quarto tem uma janela com uma grade enorme; sinto um cheiro insuportável; o ar entra passando pelo pátio da cadeia da cidade; e parece que o motor de uma máquina elétrica vai derrubar todos os alicerces da casa.

Eu queria chorar; mas, não tendo tempo de escolher melhor, acerto o preço.

Pelas ruas, todos reparam em mim. As moças, que voltam ao trabalho nos estabelecimentos industriais, se riem de mim. Uma delas fala alto:

— Como é feio! Parece um padre.

Paro e a observo. Ela abaixa a cabeça, assim como as companheiras, que se esforçam para não rir. Mas, depois de alguns passos, o vento leva meu chapéu para baixo das rodas do bonde elétrico que chega de Pisa com muito barulho. Ficou todo sujo de lama, com a aba rasgada. As moças, parando todas juntas, se contorcem de tanto rir. Com certeza, devo aprender a me habituar a tudo; e devo demonstrar que não me importo. Mas como me sinto ofendido!

Antes de entrar na estação, me veio a vontade de passear ao longo do Arno; mas não havia mais tempo. Estou muito triste.

Passo os dias numa angústia sem remédio. Além disso, estou muito irritável. Não aprendo direito o que devo fazer. Também tomo meu café da manhã com pão e embutido de porco, e mais tarde bebo um copo de vinho tinto no bufê da estação. Mas nunca participo das brincadeiras barulhentas de meus colegas; e não converso.

Às vezes, as pessoas que vêm por causa das remessas perguntam ao bilheteiro:

— Aquele é o novo empregado?

— É.

Olham-me com um ar de superioridade e deboche, e dizem:

— Como é ridículo!

O colega, para me defender de uma hostilidade que me machuca, responde:

— Mas é bom!

Acho que essa palavra provoca em seus corações o mesmo efeito que no meu; mas, ao contrário, não acreditam nela; e vão embora sem parar de me olhar. Se Drago aparece na entrada do hall, voltam com ele em duplas ou trios. E ficam ali, falando de mim em surdina. E a última mirada é sempre hostil. Por que me julgam tão mal assim? Eu olho o nariz mole e vermelho de Drago.

Pelo menos consegui escrever uma longa carta para Attilia. Eles não sabem que estou apaixonado e que seriam incapazes de fazer com que ela me abandonasse. *Podem me fazer todas as ofensas e insolências*, mas essa não! Os olhos dela, bons e serenos, não mudariam jamais.

Vou jantar com o diretor, Dante Brilli, e com um jovem de Florença, empregado assistente como eu, chamado Marcello Capri. O proprietário de nossa pensão trabalha numa fábrica de tijolos e só chega nas horas em que também nós estamos descansando; mas não ajuda a mulher, que tem de cozinhar e servir à mesa, quase sempre carregando no colo um de seus dois filhos.

Nossos colegas de mesa fazem parte do pessoal itinerante; e nós pedimos os pratos com duas horas de antecedência, porque a dona da pensão tem um número tão reduzido de bons clientes que ela faz as compras de acordo com o gosto deles. Sem esse sistema, teríamos apenas ovos cozidos e salada.

Hoje encontrei Drago na pensão. Ele cumprimentou apenas o diretor, com uma voz que, para me demonstrar seu rancor, assumiu uma espécie de clareza cortante. Por que não lhe pago uma bebida e, assim, fazemos as pazes? Não pago porque sei que ele põe todos contra mim. Chegou a tal ponto que até o chefe da estação já não tem por mim aquela benevolência dos primeiros dias. Disseram-me que, se ele conseguir o apoio do vice-diretor, pode até ser que me mandem para uma estação na montanha, longe de Florença. Ele é muito bem-visto, inclusive pelo prefeito de Pontedera; quando este precisa fazer as remessas de seu vinho, é Drago quem fica atento para que não lhe surrupiem nenhuma garrafa. Sentando-se voltado para mim, pede um litro de tinto e oferece um copo ao diretor. Eu, de minha parte, o perdoo. Ele mostra uma grande vontade de discutir comigo e arranja todos os pretextos para me arrastar num bate-boca. Antes de ir embora, diz:

— Eu não suporto homens sem bigode.

E Brilli me pergunta:

— Por que não o deixa crescer? Sabe que o senhor é boa-pinta? Por que insiste em ficar sem bigode? Aqui em Pontedera todos vão achá-lo antipático.

E eu respondo:

— Percebi; mas não quero ceder.

O diretor, então, se compadece:

— E o senhor se arrependerá.

Capri, ao contrário, prefere transformar o assunto em brincadeira e conta que o vice-diretor também quer me aconselhar a não raspar nada além da barba. Então Brilli responde:

— Ele tem mais é que pensar em seus próprios erros. Não sei como conseguem mantê-lo na administração pública.

E, pela necessidade de nos cativar, nos paga meio litro de vinho para dois. Não consigo recusar nem me manter apartado dessa disputa. Para completar, a dona da pensão me pergunta:

— Por que não quis comer aqui na primeira noite? Talvez porque ache meu restaurante modesto demais? Vê-se logo que o senhor é mal-acostumado; mas é preciso que se adapte também. O senhor Brilli come com mais prazer aqui do que em qualquer outra pensão; e o senhor vale menos que ele.

O diretor diz, rindo:

— Talvez, dentro de si, ele se considere mais importante que eu!

Marcello Capri acrescenta:

— Eu também me dei conta disso. Você não

sabe nos tratar como seus pares? Por quê? Aqui, somos todos iguais.

Eu pergunto:

— Por que vocês meteram essas coisas na cabeça?

Então Brilli me retruca sem meias palavras:

— É a verdade. E o senhor não se permita falar assim com seus superiores.

Sinto-me ofendido e entendo que é melhor me calar: mal consigo mastigar as últimas garfadas. Porém, como durante a manhã não teria tempo e à noite adormeço rapidamente, todos os dias, antes de me levantar da mesa, escrevo uma carta para Attilia. A carta é quase sempre longa, e paro de conversar com meus dois comensais. O diretor, irritado, me pergunta:

— Mas o que o senhor está escrevendo?

A dona da pensão dispara:

— É segredo!

Eu, tentando atrair um pouco sua simpatia, lhe respondo:

— Sou noivo em Florença.

A dona da pensão, contraindo os olhos e o rosto, reforça:

— Acho impossível que o senhor possa gostar de uma mulher. É tão soturno!

Creio que se trata de uma brincadeira confidencial; mas Brilli e Marcello Capri a aprovam.

Nesse momento, o filho maior da dona da pensão tropeça numa jarra, cai e chora. E ela me olha como se eu fosse o culpado.

Attilia adoeceu e me escreveu por meio de uma amiga; mas não tenho notícias muito precisas.

Sparagio, um carregador que não se dá com Drago, me alerta que toda quarta-feira meu quarto é ocupado por um dentista, um tira-dentes. Relato o caso ao chefe da estação, que me concede uma licença para ir surpreendê-lo.

De fato, a porta está aberta; nela há uma tabuleta com a seguinte frase:

> GIULIO BOSCHETTI, DENTISTA DE EMPOLI,
> TRATA E EXTRAI DENTES DAS DEZ ÀS DOZE.

Eu entro; ele pensa que sou um paciente e me faz um cumprimento, dizendo satisfeito:

— Sente-se.

Vejo que meus livros e minhas camisas foram postos no chão; e sobre a escrivaninha jaz aberta uma caixa cheia de instrumentos reluzentes, com algumas gotas de sangue.

Eu grito para ele:

— Mas este é o meu quarto!

O dentista se perturba.

— É o meu quarto — digo a ele. — Saia daqui.

— Eu não sei de nada. Vá falar com o proprietário.

Eu vou, mas só encontro a mulher dele. Estou furioso de verdade.

— Como a senhora se permite... É uma coisa vergonhosa. Vai me devolver o dinheiro, e eu vou embora neste instante.

A mulher, ajeitando o vestido depressa, se desculpa:

— O que tem de mau? Sempre fizemos assim.

— Deveria ter me avisado. E eu não teria ficado com o quarto.

— Quanto ao dinheiro, meu marido lhe devolverá.

Eu grito ainda mais forte:

— Onde ele está?

— Não sei.

Volto ao dentista e lhe digo:

— Agora, vá embora.

Quando souberam, meus colegas se divertiram; e logo me acharam outro quarto.

Quando volto para pegar meus pertences e o dono me devolve o dinheiro, me vejo a ponto de lhe pedir desculpas. O episódio faz com que eu me arrependa de ter saído de casa sem que meu pai aprovasse meu desejo de casar. E digo a mim mesmo que não devo fazer as coisas mais importantes por minha própria conta.

Preciso sempre evitar que me aconteçam coisas desagradáveis; porque depois não consigo lidar com elas.

Ao mesmo tempo, tenho quase o desejo de me encontrar em situações parecidas, para me acostumar a tudo. Porque, quem sabe, não fui roubado? Eu iria à polícia, faria que me devolvessem as coisas e escreveria para casa. Estou eufórico e sinto que faria amizade até com o tira-dentes. Como me diverti ao gritar daquele modo com a mulher do proprietário! Agora, não tenho medo de mais nada e espero passar por alguma nova aventura em meu novo quarto, de fazer inveja a toda a cidade. Não seria possível que aqui eu pudesse me defender de alguém que tentasse entrar em meu quarto de madrugada? Não poderia acontecer de eu atrair a admiração da proprietária por minha coragem? E repito para mim o nome dela, que me disseram agora mesmo: Dina Calamai. Até Sparagio verá quem sou. Todos diriam: como estamos contentes por Leopoldo Gradi ter vindo a Pontedera! Se, mais tarde, eu trouxer minha esposa para cá, todos vão recebê-la com festa. E quase posso ver a estação cheia de flores.

Pontedera é a melhor cidade que existe. E Drago tem razão em querer que eu lhe pague um trago.

O chefe da estação foi transferido; por dois dias trabalharam só os empregados.

A esposa dele, doente do coração há vários anos, é levada numa poltrona até um vagão. Ele beija todos nós, um de cada vez, dos superiores aos subalternos; os carregadores ficam um bom tempo com o chapéu na mão.

O novo chefe da estação tem seis filhas e um rapaz. É muito velho, magro e nervosíssimo. Introduz rapidamente algumas modificações; todos se lembram com saudades do outro; e logo os encarregados da administração incitam o descontentamento.

Ele percebe o movimento e se decide, por teimosia, a prosseguir com seu método.

Mas prefiro falar de mim. É estranho como leio com prazer as cartas que Attilia, sempre doente, me escreve por meio de sua amiga. Quando no envelope vejo aquela caligrafia alongada e forte, um pouco semelhante a amêndoas, abro-o mais depressa; como se o fizesse por deferência e respeito a ela. E notei que a terceira carta, embora eu não a conheça, nem ela a mim, não parece ditada por Attilia tal como a primeira. Sente-se que tem um tipo de amizade por mim. E, porque sei que ela também lê minhas cartas, vou escrevendo até melhor; como se eu tivesse mais a dizer.

Não queria essa confusão de sentimentos!

Mas, hoje, soube de uma boa. Soube que Calamai é amante do vice-diretor. Quando disseram a Brilli que agora ela é a minha senhoria, ele fez uma cara feia e me sondou:

— Descubra, sem despertar suspeitas, em que horário estão juntos e me informe. É capaz disso? Eu, com duas ou três pessoas influentes da cidade, apareço por lá; e o forçamos a pedir outra residência. Basta que o senhor faça sua parte direito; quanto ao escândalo, penso eu. Com um escândalo desses, garanto que aqui em Pontedera ele não fica nem mesmo uma hora. De resto, meu caro Gradi, não é nada bonito para o senhor ficar segurando vela! Se a proprietária da casa onde estou não fosse uma senhora ilibada e honesta, eu não continuaria lá nem que me amarrassem.

Depois, deixando-se tomar pelo impulso da inimizade, após duas baforadas de charuto, continua:

— Não compreende que o senhor também se compromete, caso tolere essa sem-vergonhice? Por outro lado, se o senhor for o primeiro a acabar com isso, pode tirar um belo proveito. Pode ser sua sorte grande. Confie em mim. De resto, primeiro estou lhe falando com bons modos; depois, garanto que não lhe permito me dirigir a palavra.

Eu, no entanto, estou meio inclinado a advertir a senhoria para que se previna do risco de alguma surpresa. Se não o faço, é para que não se pense que eu também a cortejo. Mas, logo em seguida, enquanto eu saía de meu quarto, vi Drago escapulir do aposento da senhoria. Seu rosto alegre e o jeito de caminhar na ponta dos pés me revelaram tudo: Drago está de caso com ela, às escondidas; nas horas em que o vice-diretor está com certeza no escritório.

Com o coração em sobressalto, e indeciso se irei contar minha descoberta a Brilli, o carregador me detém assim que desço as escadas:

— Se o senhor não disser a ninguém que me viu dentro da casa, lhe prometo minha amizade. Estou sendo sincero.

— O que eu acho é que você quer se garantir comigo e continuar falando mal de mim para todo mundo! Agora que posso fazer mal a você está com medo.

— Que Deus me arranque os olhos neste instante, enquanto estas palavras me saem da boca, se tenho tal intenção! Venha comigo beber um copo de vinho, eu pago; e não se fala mais nisso. Santa Luzia bendita, que me protege a visão, me castigue como quiser, se disso eu for merecedor!

E, pegando-me pela mão, me levou pela rua. Depois de bebermos juntos, ele foi para a cidade e eu, para a estação. Mas meu coração é muito duro, e informo imediatamente ao diretor; embora seja um tanto difícil, quando se quer falar em segredo, não dar na vista dos outros. O diretor fica mudo e seu rosto se contrai gradualmente até ficar irreconhecível. Para refletir melhor como deve entender a coisa, aperta o lábio inferior entre o polegar e o indicador; porém entendo que para ele é muito difícil. No fim, solta uma risada que chama atenção de todos que se encontram debaixo da marquise da estação. Temo que seja para me comprometer, mas ele, afagando-me o rosto, me diz:

— Não poderia estar mais contente! Bravo, Gradi! Comporte-se igualmente bem no escritório e fará carreira antes dos outros.

Enquanto isso a senhoria, convencida de que seria impossível encontrar outro inquilino menos fofoqueiro e curioso que eu, todas as vezes que me vê me paparica mais do que se fosse minha mãe.

No quarto não me falta nada; e ela me deixa duas moringas de água em vez de uma. Trocou a bacia velha e descascada por uma quase nova, listrada de vermelho dentro e fora; e encontro tudo em ordem.

Confesso que, só por isso, quando estou sozinho no quarto, me sinto menos triste.

A janela dá para um vinhedo descuidado; ao lado, passam os trilhos que vão de Empoli a Pisa. Próximo ao vinhedo, muitas hortas, divididas por muros baixos. Em frente à saída da casa, um poço; tiram água dele por meio de uma longa barra presa a um eixo sobre um suporte vertical. Embaixo de meu quarto, dorme a senhora encarregada dos banheiros da estação; desconfio que um dos dois manobreiros é seu amante.

E hoje, contente por já não ter medo de Drago, pus pela primeira vez a gravata que Attilia me deu de presente.

Todas as vezes que se aproxima de mim um homem que não conheço, sinto medo; certas vezes, até quando se trata de um amigo. Não tenho medo propriamente dele, mas das consequências que possam advir a meu espírito quando ele começar a falar.

Por isso nunca quis me aproximar de certas pessoas. Lembro que, estando numa rua dos arredores de Florença, para lá das casas do subúrbio, eu precisava passar em frente à porteira verde de uma horta. Todas as vezes que, antes de me aproximar, eu avistava o verdureiro parado na cancela aberta, eu voltava para trás ou cruzava a rua, evitando virar-me para ele.

Se certas pessoas soubessem dos traços indeléveis que deixaram em mim, ficariam espantadas. Quando penso que sou feito de tantas linhas correspondentes a outros tantos dias, me pergunto se quem existe sou eu ou as coisas que agora tenho diante dos olhos. E me pergunto o que significa viver.

Isso quer dizer, então, que nunca poderei esquecer meus anos passados, anos que se espalharam feito musgo nas pedras?

Quantos olhos e quantos olhares ainda revejo, que me fizeram tremer e atormentaram minha alma!

Além disso, havia um homem de pés deformados e voltados para dentro que todos os dias ia sentar-se debaixo da Arcada dos Lanzi. Apoiava as muletas no muro e ficava ali, conversando com certos homens que, para viver, faziam qualquer tipo de trabalho. Mas o que mais faziam era levar à estação, em carriolas, as bagagens que iam e vinham dos hotéis. Ou quando alguém mudava de casa. Lembro-me de três deles. Um homem meio corcunda e de barba negra; outro, de bigodes brancos e braços tatuados; e mais um, baixote, de bigodes negros e uma roupa que ficou verde com o tempo, sempre a mesma.

O de muletas, que não podia trabalhar, sempre me olhava de um modo que me fazia odiá-lo. Olhava minhas pernas como quem quisesse destroçá-las.

Quando o sol deixava de bater daquele lado,

iam sentar-se nas escadas do Palazzo Vecchio. Havia também um rapaz, retardado, que passava com um cesto cheio de lascas de madeira nos ombros. Era magro e tinha um queixo pontudo, olhos verde-escuros. Ele sempre me perturbava e certa vez me pegou pelo braço.

E eu sentia repugnância por um colega de escola, um imbecil, olhos suínos e um braço paralítico ao qual faltava o polegar. Quando ele conseguia agarrar minhas mãos, eu me punha a gritar para não chorar.

Mas sempre sonhava, como num pesadelo, com uma mulher de olhos castanhos de cujo fundo brilhava uma luz quase vermelha; ela era seca e amarela. Não sei quem era.

Enquanto isso, um padre alto, de olhos negros e brilhantes, me desencorajava; e eu voltava tão triste para casa que tinha vontade de morrer. Certa vez, na primavera, em vez de ir para a escola, fiz uma longa caminhada pela *via delle* Càmpora.

Dei por mim num local tão bonito que ainda hoje me lembro dele. O milho já estava com as espigas altas, e, no meio da plantação, brilhava a água de um canal, clara e transparente. As cercas vivas estavam floridas; e eu gostava de encostar a testa e as mãos nas teias de aranha entre uma e outra oliveira. As videiras estavam podadas e atadas com os ramos novos dos salgueiros.

Eu parava para olhar os frutos e os ciprestes ao longo das demarcações e por cima das estradas que levavam às casas dos camponeses; e tinha a impressão de que podia ver a terra se transformar naqueles frutos e naquelas árvores. O sol era muito agradável, porque estava sempre baixo, e sua luz se demorava entre as plantas. Os pássaros voavam pelos galhos acima da estrada e partiam para outros campos, agitando as gotas de orvalho que caíam também sobre mim. As janelas dos camponeses estavam fechadas, com os postigos pintados de vermelho; e a relva crescia para todo lado, até as margens da estrada. Eu me sentia feliz por estar sozinho e não me lembrava de absolutamente nada. Queria fugir e não voltar mais para casa. O céu me deslumbrava.

Enquanto estava assim, me virei e vi perto de mim um homem que me observava com olhar zombeteiro. Tive vontade de chorar e nunca mais esqueci aqueles campos.

Digo à dona da pensão que o caldo não está bom. Ela fica com os olhos vermelhos, e o diretor diz que a tratei muito rudemente. Por isso, num momento em que tenho menos coisas a fazer, vou visitá-la com o pretexto de beber algo.

Ela está costurando um grande lençol; e suas crianças se divertem com uma cadeira.

— Dona Marianna, não quis ofendê-la há pouco.

Ela me vira seus olhos muito doces e enrubesce. E, após um suspiro, me responde:

— E o senhor ficou mal por eu não ter conseguido ocultar meu ânimo naquela hora?

— Não.

— Então façamos as pazes. Beba este vinho branco, bem melhor que aquele que o senhor bebe todos os dias.

E me serve num copo um vinho cintilante. Para lhe dar mais alegria, bebo um gole estalando a língua; e cumprimento-a já do lado de fora, após ter fechado a porta de vidro.

Ela é paupérrima e me dará crédito por um mês inteiro; e, não sabendo escrever, confia no que vou anotando em meu caderninho.

Depois do jantar, precisei terminar o balanço quinzenal, que será enviado ao controle de Turim. O chefe da estação não estava, o assistente dormia num sofá, com o gorro cobrindo-o até a boca. Por volta da meia-noite, saio sob o alpendre. A planície está enevoada, e acendo um cigarro.

Tenho a impressão de ouvir um rumor indistinto por toda a planície: talvez seja a neblina pingando na folhagem nos campos relvosos; talvez o vento úmido correndo. Até as estrelas devem estar molhadas. Mas essa solidão me atordoa e ensurdece; e me detenho a olhar as duas barras do trilho, como se buscasse compreender sua mensagem. Observo-as e não consigo compreender.

De repente, uma massa estrondosa passa rente a mim; um assobio, correndo, se parte pelo ar.

O trem expresso!

Fiquei sabendo que arrastou um vigia, arrancando-lhe fora a cabeça espetada na ponta de um farol.

Se eu tivesse morrido ontem à noite! Entretanto, já paira no ar a luminosidade da primavera, e eu desejo muito viver. Será possível que eu morra um dia? A estação, onde tenho de ficar preso feito um cachorro numa casinha de madeira, é bem pequena; mas os campos se estendem livremente. Não é possível que um dia eu vá embora daqui?

Ao meio-dia o cipreste do jardim parece mais leve que sua sombra; a claridade ofusca; e enlouqueço a ponto de me perguntar se minhas mãos também estão tingidas de vermelho, quase como a cancela do campo.

Até esta casa parece nova sob tanta luz.

Que me importa se os brotos estão mais cheios? Que me importa se esses campos estão tenros, se minha alma ainda não está mais tenra que eles?

Antes o sol a pino tivesse me encerrado dentro do campo e das árvores: eu não teria podido sair.

E naquela luz parecia não existir mais nada; nada fora de minha alma.

Ah, como eu gostaria de me sentir bem sob este teto coberto de sempre-vivas, também ele quase verde, como os jardins ao redor! Esses jardins que parecem feitos para conter a água que escuto e não vejo, atrás de um dos muros, atrás daquele salgueiro, que irá depois jorrar como se estivesse recolhida na palma da mão ou numa folha de couve.

E como os outros salgueiros, com seu verde pálido, brincam entre o verde azul e turquesa das couves, mas menos claros que as alfaces!

Para minha alma só existem caixões e agonia que passam um após outro, com algumas coroas de flores compradas para abraçar o féretro — pobre coroa que teme escorregar aos solavancos das rodas.

E, se abro a janela, sinto meu coração arrancado e lançado a pico na estrada.

Pobre rosa de Attilia, ficamos eu e você sozinhos. Eu e você como numa realidade deserta e em solidão; e ninguém pensa em nós. Mas nós não podemos nos esquecer um do outro.

Você, entre as páginas do livro que de quando em quando abro para revê-la, se esforça para conservar a cor que agora parece sangue coagulado.

Mas não é preciso dizer nada a ninguém, nem de nós nem de nossa história, tão simples que a achariam idiota. De resto, nossa história consiste no fato de eu a ter possuído e amado cada vez mais.

As veredas dos campos desaparecem em meio à relva de um verde quase negro, que transborda das sebes de pilriteiros. Ao passo que as sombras são turquesa como o próprio céu. Talvez até a paliçada, velha e vazada por rachaduras, esteja prestes a lançar seus brotos e suas flores.

Hoje discuti com o diretor, que não fala mais comigo, apesar de sempre comermos juntos. Não acredita que, fora do escritório, eu nunca tenha falado com o vice-diretor.

Trabalho também aos domingos; mas hoje à tarde saio três horas antes. Queria fazer um passeio de barco, até a fina ponte que se avista lá longe, onde o rio faz a curva e desaparece. Mas não acho um barqueiro.

Então me encaminho para a parte oposta.

As barreiras estão esverdeadas, o Arno, um pouco barrento; encontro uma família e, depois, dois amantes.

Chego a Calcinaia, um vilarejo que se reflete cinza dentro d'água. Enquanto isso, anoitece. Da outra margem, um balseiro me pergunta se quero atravessar; mas me parece muito tarde. Caminho um pouco no leito seco do rio, onde há várias pegadas.

O sol desce rapidíssimo. Num instante as montanhas parecem de ouro, e o rio reluz; depois os reflexos se apagam.

Detenho-me para escutar o som de um violão: canta uma voz de mulher. É uma canção alegre. Depois tudo se cala. Somente a água do rio produz um rumor monótono, chocando-se contra um rochedo branco feito a lua.

Ainda estou parado, até que todos os campos escurecem. Depois erro o caminho, e um cachorro me ataca. Grito, mas ninguém me responde. Volto atrás correndo, torno a achar a vereda estreita sobre a barreira e sigo por ali.

Estou entediado; mas o claro da lua me agrada muito. Olho longamente as planícies, onde algum lume caseiro está aceso.

Espero que passe o fragor de um trem.

Quando entro na pensão, o jantar já terminou. Restam apenas anchovas ao molho de gengibre e um prato de alface, onde encontro um tufo de cabelos. E desta vez me calo.

O diretor me observa.

A lua é lenta como o peso de meu cansaço. Sobe e torna a descer como uma caminhada inútil; como eu, que não tenho nada a dizer. Mas meus pensamentos ficaram todos pela estrada: à medida que me aproximava daqui, minha alma os perdia. E tenho vontade de rir ao ver a lua tão baixa, lá nos charcos do canhameiral!

O serviço não vai bem; confundo facilmente as notas e não consigo fazer as somas longas nos registros. Se ao menos aprendesse a telegrafar! Ficaria menos entediado e me cansaria menos; mas não sou capaz de ler a tempo as tiras de papel onde são marcadas as transmissões; e, enquanto estou ali, com a cabeça cada vez mais pesada, entra um auxiliar de escritório para enviar um telegrama, me dá um empurrão e toma meu lugar. Nas primeiras vezes, eu ficava tão mortificado que não queria nunca mais ser visto na estação; depois me vinha a ideia de responder com a mesma cortesia, e me postava perto dos aparelhos, sempre pronto a provocar, enquanto o auxiliar, telegrafando, me olhava como se eu estivesse querendo fazer corpo mole. Eu me sentia ainda mais mortificado e ficava duas ou três horas sem falar com ninguém, com o rosto tão perturbado que todos podiam notar. Mas, exatamente nesses momentos, escrevia a Attilia; e minhas cartas eram belas. Ela está sempre doente: parece que tem pleurite. E acredito que irá se curar porque a amo. Quanto às cartas que a amiga dela me escreve, agora estou encabulado de recebê-las e mais ainda de lê-las. E evito firmemente pensar também nela enquanto escrevo.

Já ia me esquecendo de dizer que agora, quase todos os dias, volto a ver dona Marianna; para beber aquele vinho branco. Hoje encontrei ali uma bela moça, que se chama Némora. O sobrenome não sei. Estava vestida de preto porque a mãe morreu.

Hoje está chovendo. Reflexos que parecem úmidos; e a chuva clara sob as nuvens cinza.

Se também chovesse dentro de minha alma! Sentiria, depois, aquele frescor que descansa nas oliveiras. As folhas dos álamos tremulam como o canto das cigarras no verão. Pelos longos sulcos cantam não sei que pássaros, e meus pensamentos são úmidos. Estive bem longe e, antes de voltar, não ousava deter-me em nenhuma porta; nem mesmo naquelas que cheiravam a rosas, onde talvez tivesse topado com a doçura de um sorriso.

Porque, para se aproximar de minha alma, é preciso ser muito paciente.

Assim não mais lhe negarei minha mão, oh,

homem de juventude tranquila, como o respeito a que aspiro. Assim aceitarei seus olhares e me preparo para receber sua amizade, contanto que seja pura como os meus propósitos e as coisas que não lhe digo. Então, oh, homem, ficarei contente que sua sombra entre pelas paredes de minha casa.

Mas você não tem a voz da esmola que se pede, e seus sapatos não estão lavados pela chuva. Você não precisa de mim, e por isso não o amo; e não quero nem mesmo conhecê-lo.

Vejo um telhado sob a chuva! Tão baixo, tão estreito, sobre a casa onde ninguém entra, que ninguém observa; exceto algum rapaz que vai emporcalhá-la!

Numa noite, mas numa única noite, vi ali, no lado da sombra, dois namorados imóveis. De vez em quando olhavam em redor para se assegurar de que ninguém os via. Ali, certa noite, um bêbado arrebentou a cabeça. E, depois, sempre silêncio.

Seus muros mortos, e o teto tão cansado que me vem a vontade de escorá-lo.

Em cima, vi um gato morto primeiro apodrecer, depois murchar de todo, restando somente a pele; depois, de tão delgado, grudou nas telhas;

depois a pele se desfez e apareceram os ossos; então até os ossos desapareceram. No meio de uma telha restou apenas uma mancha negra. Mas ela também será lavada.

Na igreja perto de minha casa quase nunca tem gente. As capelas estão cerradas por grossas cancelas de madeira.

No altar-mor, um enorme quadro pintado a óleo que representa a Virgem Maria, com os pés sobre uma serpente e uma meia-lua. Os círios muito compridos, da altura do quadro. De quando em quando um capuchinho sai do coro, se ajoelha fazendo o sinal da cruz em frente à Virgem e continua rezando.

Das janelas se veem os cumes dos ciprestes balançando; mas nem sequer um leve farfalhar. Ouve-se apenas o crepitar de alguma lamparina. Fora, no muro, atrás de um gradeado, a estátua de um capuchinho com uma caveira na mão.

Encontro sempre a mendiga que não tem mais rosto, como se as úlceras vermelhas corroessem pouco a pouco toda a sua cabeça e lhe restassem somente os braços e as pernas. Para que ainda pudesse mover-se e caminhar.

Quando ergo a cabeça novamente, com a impressão de que minha angústia já passou, percebo não estar sozinho; todo o salão me observa.

Não posso mover-me sem ser visto!

E, quando vou embora, girando a chave da saída, acredito trancar lá dentro uma vida mais vasta que a minha.

Eu me censuro por ser mau; pois, no fim das contas, é pior para mim. No entanto, sinto o lamento de tantas coisas boas que vêm espontaneamente; por si.

Fui eu, portanto, que quis ficar longe dessa realidade tão amena! E por quê?

Fui eu que tranquei minha alma para sempre; como quando, ainda menino, queria ficar só e me punha a observar, pela porta entreaberta, aqueles que conversavam dentro da sala. Quem se arrepende sou eu, e depois faço sempre a mesma coisa; inebriando minha alma com uma risada.

Tenho fome e não como, mas me agrada conhecer essa bondade que sempre retorna, como se estivesse apaixonada por minha alma.

Gosto de sentir essa censura; contanto que o dia termine depressa, atravessando o espessor de minha juventude sem deixar sinal. Então parece que escapo da morte, me ocultando em mim mesmo; com um medo que me corta a respiração. Enquanto nos espaços de minha existência sua sombra passa; e eu fecho os olhos para não vê-la. E, certas vezes, tenho medo de não voltar a abri-los.

Marcello Capri corteja a filha de um engenheiro. Ela se debruça na janela que dá para a praça da estação, e é possível avistá-la até de nosso escritório.

Acho que ainda não fez 16 anos; loura e rosada, mas corpulenta como uma mulher madura.

Encontraram um meio de se escreverem às escondidas, e ela se apaixonou de verdade. E, como suas cartas têm muitos erros de gramática, Capri sempre torce a boca e começa a rir. E me pergunta:

— O que você me aconselha? Devo deixá-la? Meu Deus, não sabe sequer escrever uma palavra sem cometer algum erro! Ouça como escreveu esta frase!

Eu, que levo tudo a sério, respondo-lhe, para que não a deixe:

— Ela vai aprender! Não vai sempre à escola?

— Está fazendo o primeiro ano técnico.

Capri também é louro e rosado; e lança um olhar aos absurdos e outro à janela. Após ter trabalhado uns quinze minutos, me pergunta:

— Você me escreve uma carta para ela?

— Com prazer; contanto que você reveja meus cálculos.

— Aceito.

Pego uma folha de papel em branco e finjo refletir.

Capri fica contente e satisfeito; mas, quando vê que eu paro de pensar, recomenda:

— O melhor que puder.

Terminada a carta, eu a entrego a ele, que lê e copia rapidamente, mudando algumas palavras que nunca havia usado. No jantar, como para me recompensar, quis que Brilli se reconciliasse comigo, jurando-lhe que eu não tenho relações com o vice-diretor. Brilli não ficou convencido, mas, temendo exigir demais de mim, não se fez muito de rogado.

Desde quando lhe escrevi a carta, Capri me pega pelo braço e procura me alegrar. Ao fim, porém, ele perde o ânimo e, para não se aborrecer mais comigo, finge que precisa ir embora. Então me sinto completamente abandonado por todos.

De início, assim que o diretor se reconciliou comigo, tentei me abrir com ele, contando até de minha família, mas logo entendi que isso não lhe agradava e que me julgava quase mal. Por outro lado, não queria entrar em confidências com Capri, que tem dois anos a menos que eu e um espírito muito volúvel. Quando me diz que, em Florença, era amigo de certas cantoras de cabaré, me afasto dele e peço que mude de assunto. Capri me olha sorrindo, a poucos passos de distância; depois se aproxima de novo e recomeça a dizer coisas ainda piores, divertindo-se especialmente com palavras obscenas.

Eu lhe pergunto:

— Por que você é assim?

— E você, por que tanta castidade?

— Você é muito antipático.

— Digo o mesmo de você. Aliás, não entendo por que não gosta das cantoras, por que já quer levar o amor tão a sério! Pois eu não acredito nisso. Você deve ser mais esperto do que parece. Fez o seminário antes de se empregar na ferrovia?

Eu começo a rir, e Capri diz:

— Então por que não fala bobagens também? Veja como é bonita essa palavra que lhe parece suja! Experimente dizê-la: vai ver que até você tomará gosto. E por que não vamos nós dois até a dona de sua pensão e não nos tornamos seus amantes também?

Eu me distancio, mas ele retoma meu braço e continua:

— Se não quer, significa que não gosta de seus amigos. Se fosse meu amigo, me daria ouvidos.

Para encerrar a conversa, respondo:

— Não me agrada: é muito velha.

— Velha? Percebe-se que não entende do assunto. Se eu estivesse em seu lugar, iria querer dormir e comer sem gastar nada. Ela providenciaria tudo! E por que, em vez disso, já quer se casar?

Não sei como responder e viro a cabeça para outro lado. Se tivesse que convencê-lo de verdade, não conseguiria. Melhor que ele não me fale mais nada sobre isso, pois assim não farei um papel tão mesquinho; um papel que me desagrada mais que qualquer outro. Por que, então, haveria entre mim e minha família essa espécie de briga silenciosa, se eu não amasse Attilia de verdade?

A voz de Attilia nasce da minha; tem tons de timidez, e, para ouvi-la, me ponho calado.

Quando eu falo, ela me entende só pela voz: apenas ela me entende.

Ela já é toda minha, só por eu lhe ter falado.

No salão de visitas não há ninguém. Mas as cadeiras e o canapé têm entre si uma suavidade tranquila; e não pude abrir a porta sem pedir desculpas e sem dizer bom dia.

Lá está o canapé, convicto de sua honestidade, que se manifesta só de olhá-lo.

E o silêncio do cômodo é ocupado pelo canapé e pelas cadeiras.

Numa bela manhã, preciso voltar atrás com a alma opaca; porque, no meio do sonho, havia como uma faca invisível que a cortou em duas partes. Ter tido medo do cansaço, e ter sentido um sofrimento áspero; ter toda a alma trespassada, sentindo a suspeita de meus sonhos! E entrar em casa com medo de não sair mais! E minha juventude como uma água em ebulição que é impossível sossegar!

Mas é mesmo necessário que minha alma assuma esses ares de descontentamento quase alegre? Ela me parece pintada de fresco e ainda não muito seca; como as cancelas da plataforma. Enquanto isso, desencavo do passado certas manias deliciosas, como quando se tem vontade de vasculhar uma gaveta; mesmo sabendo que ali não há nada de que precisamos. Então todas essas coisas que agora nos são inúteis, mas que antes utilizamos, provocam uma embriaguez de descontentamento que não faz sentido algum. E é assim na minha alma: nela há recordações que queriam ser consideradas mais valiosas do que são. Mas devo deixar claro que se trata de recordações que, em si, não têm nenhuma relevância: mais que isso, tentam acomodar-se a certos estados de ânimo que me vêm agora. São, eu diria, como correspondências simbólicas: brincadeiras inúteis do passado, sem que sequer me ocorra de ir eu mesmo jogá-las fora. E é muito estranho que certas coisas que andavam completamente esquecidas, eu agora as reveja tão bem!

Por exemplo: nesta manhã, debaixo de minha casa, havia dois cegos — um tocava violino, o outro, violão. Imediatamente senti avançar em minha alma um frescor moral que me deu muito o que pensar. Mas, refletindo, em vez de extrair disso alguma especulação útil ou quem sabe sensata, me pareceu que aquele frescor fosse o mesmo de um dia talvez típico de março: quando eu via o vento subir ou descer, em ondas, sobre uma colina de trigo todo verde.

Depois fiquei irritado. Mas por quê? Uma sensação inteiramente moral podia transformar-se numa recordação agradável? Uma recordação que, em si, não tinha nada de especial? Decerto não se referia ao estado de ânimo que eu terei experimentado naquele dia, pois me seria praticamente impossível reencontrá-lo.

O que os outros teriam pensado de mim? Eu estava condenado a ser compreendido apenas por pouquíssimas pessoas pacientes, raras demais; para todas as outras, eu me tornava um homem vulgar, um homem que já não se distinguia da multidão. E enquanto isso o vento subia e descia por aquele morro de trigo todo verde; e eu me via sozinho, tentando resolver essa espécie de problema.

Mas minha alma, que é muito boa comigo, me ajudou: eu devia reencontrar muitas coisas ao longo dos dias de meu passado, coisas que nunca joguei fora. Eu devia retomá-las, lê-las da primeira à última linha, porque eram como páginas lidas só pela metade ou até menos. Eu devia reencontrar ali muitos significados que abandonara, por distração ou por sugestão equivocada de minha vontade — que se crê, a cada vez, sempre infalível. Oh, mas não era algo que se fizesse num piscar de olhos! Ao contrário, creio que nem sequer comecei.

Antes de tudo eu devia ser bem mais sincero comigo, quem sabe até me mostrando brutal com pessoas que não esperavam de mim toda essa verdade. E devia me convencer logo, por intuição, de que meu sentimento se desenvolvera apenas em sonhos e êxtases, de que eu não tinha nenhuma relação com a existência que devia levar.

Esse foi o jogo ruim do violino e do violão; porque acordei como após o suplício de um engano; e com a precisa tarefa de não mais balbuciar, mas falar: as palavras eram leis.

Mas por que aquela colina de trigo todo verde? Se penso bem nela, pode ser que esteja lá como um ponto de partida, muito visível, de onde devo me refazer e tomar meu passado. Não pode ter outro sentido; e, por outro lado, sou induzido a excluir que se trate de uma recordação inócua. Não sei nem mesmo que colina é essa: aliás, não a reconheço. (Agora é bom chorar um pouco em vez de escrever!)

Gosto tanto de chorar quanto de rir: é a mesma alegria, mas um tanto dolorosa e áspera; como uma fanfarra repentina que faz tremer as janelas.

Por fim, voltei aos salgueiros do Arno, porque

sinto que minha alma se torna mais leve; imitando talvez a água que corre e parece imóvel, de tão límpida e silenciosa. Também tremo como os salgueiros; e, se paro, tenho a impressão de que a colcha de relva nascida entre os juncos se recolhe à minha volta; porque sinto que faço amizade até com o ar.

Será que eu mesmo não me tornei mato, para depois ser capinado com o resto do campo?

Tudo o que Attilia escreve me agrada. Ela é um ser vivente também para mim. Cada palavra dela se move pelo meu quarto, e eu a sinto respirar.

Já quando eu falo, sinto que meu silêncio se faz ainda maior. E então, ao voltar para casa, posso entender se me comportei como devia.

Como deve ser bom estar perto de uma igreja rural, com aquele pouco de verde das sebes e com os ciprestes altos!

Como deve ser bom confessar-se à beira da morte e sentir a alma!

E rever, de repente, algum rosto que nunca deixará de me olhar!

O irmão de meu pai estava em Mugello e vinha nos visitar a cada três ou quatro anos; só por uns dias, depois partia.

Quando ele falava, eu me aborrecia logo e observava apenas suas pálpebras avermelhadas por uma inflamação crônica. Ele dizia que lavava os olhos numa nascente distante, a várias milhas do vilarejo, montado num burro. A água o curava, mas depois elas voltavam a inflamar. Meu pai lhe dizia que ele não se lavava direito.

Hoje me escreveram que morreu, mas penso apenas em suas pálpebras; como se tivessem continuado vivas.

Eu não queria que minha mãe me dissesse que estive tantas vezes doente. Quero ser saudável. Por isso, agora que ele está morto, não amo mais meu tio! Seria preciso que ele estivesse vivo e jovem!

Uma operária de fábrica vem todos os dias à taberna, às treze em ponto, quando estamos todos nós. Toma a sopa sem se sentar, e só; depois se põe atrás da porta envidraçada.

É feia e magra. Quando passa a diligência que traz as encomendas postais da cidade, ela começa a chorar; mas não se escuta. Seus olhos se abrem, seguindo todos os movimentos do cocheiro que, saltando para a terra, caminha com as pernas arqueadas.

Depois, quando a diligência retorna à cidade, a jovem se despede de dona Marianna e vai para o trabalho, atrás da fileira de colegas.

O marido da dona da taberna me diz:

— Aquele cocheiro que trabalha nos correios fez um filho nela. E agora nem a olha direito!

Eu tento defendê-la; mas o diretor, que não a suporta, responde:

— Agora é tarde para se arrepender.

Não ouso contradizê-lo, até porque não saberia como, mas pergunto:

— E não há possibilidade de ele se casar com ela?

— Mas que nada! Já fez isso com outras duas. E essa estúpida, que frequenta minha taberna, sabia muito bem disso! Mas mesmo assim lhe deu bola.

Dona Marianna acrescenta:

— Eu já briguei várias vezes com ela, porque vem aqui incomodar meus clientes; mas ela espera comovê-lo. É mesmo uma estúpida.

— Ele não fala com ela?

— Só quando lhe dá na veneta de levá-la para casa, às escondidas. E depois a expulsa rapidamente!

— Mas vai achar alguém que se vingue — diz o oleiro.

Reencontrei Némora; e falei com ela. Mas por que falei, se não tinha nada a lhe dizer?

E por que, da vidraça do escritório, não paro de olhar quem entra na taberna? Quando, pouco antes, eu a vi falar com um carvoeiro, senti certo ciúme e apertei a maçaneta da porta; porque, se me ocorresse um pretexto qualquer, eu iria correndo ver dona Marianna; e passaria a seu lado. Némora está costurando um vestido para ela; e fica o dia todo ali, da manhã até a noite; salvo quando vamos comer. Por que não arranquei um botão do casaco e não fui levá-lo para que o pregasse? Porque meu coração batia forte demais, e eu não queria que Némora soubesse que gosto dela. Por que ela falou com o carvoeiro, se aqui em Pontedera uma moça nunca deve conversar com ninguém, sob pena de ficar falada na cidade? De resto, eu mesmo tenho por ela certo ressentimento, porque faz que me comporte mal com Attilia. Que me agrada, não há dúvida; e eu gostaria que ela me amasse. Mas queria que fosse ela a me dizer primeiro; para eu me sentir mais desculpado.

Alguém me diz:

— Por que não se sente à vontade em Pontedera? Poderia se casar com a filha do vice-diretor, que é riquíssimo, ou com uma das filhas do chefe da estação; e viver tranquilo!

Não tenho coragem de dizer a todos que sou noivo em Florença e que, em Pontedera, eu escolheria Némora.

Porém, quando escrevo a Attilia, me esqueço de tudo; sou muito sincero e não sinto nenhum remorso, embora tenha decidido não lhe contar nada sobre Némora. Nunca lhe direi nada a respeito. Estou certo disso. Não que eu seja capaz de mentir para ela; mas porque, se eu a deixasse por Némora, pararia imediatamente de escrever e lhe comunicaria o fato. Não devo, aliás, orgulhar-me desta lealdade?

Nessa noite, no entanto, a pensão estava cheia de gente alegre, que cantava; e eu me sentia até mais irritado que de costume, com a cabeça baixa, entre as mãos.

Tinha visto Némora sair quando eu entrava; e a angústia que me tomava repensando nela me fazia ficar de olhos fechados. Outra obscuridade se instalava em meu ânimo; mais tétrica e molesta. Não devia esquecer Attilia! Sentia no rosto minhas mãos frias e incapazes de se mover. Mas, do meio do vozerio, ouvi perguntarem com antipatia:

— Por que está sempre tão taciturno?

Não poderiam aludir a outro senão a mim, e meu coração se fechou mais ainda. Mas fiquei parado, esperando o que alguém iria responder. Passou-se, talvez, meio minuto; e um outro disse:

— Deixem que eu o acordo! Vou quebrar o violão na cabeça dele!

Fiquei parado do mesmo jeito; com toda a minha vontade. Não queria nem mesmo aparar o golpe, mas uma voz enérgica me defendeu.

— Cada um se comporta como quer. Deixem o homem em paz.

E não me mexi até todos terem ido embora. Nem sequer me preocupei em ver quem era o do violão.

Quando tornei a erguer a cabeça, vi logo a luz no meio da sala; e então Drago, com uma inexprimível ternura, me disse:

— Quando eu estiver aqui, não tenha medo.

Mas eu estava tão absorto em meus pensamentos que nem lhe agradeci. Ou quem sabe não quis mesmo agradecer. Depois fiquei sabendo que dona Marianna quer, pelo diretor, me mandar o recado de que em sua pensão eu devo me mostrar alegre como todos os outros; porque teme perder os clientes que querem se divertir e dar risada.

É quase meia-noite, e acompanho até a casa uma mulher cujo marido está na prisão há quinze anos. Tem medo de que o cocheiro dos correios parta para cima dela como fez ontem à noite.

Preciso parar de falar com Némora, ou então me decidir a casar com ela. Quem me disse isso foi dona Marianna. E eu mesmo reconheço que ela tem razão; mas não sei o que decidir, apesar de agora mesmo ter enviado uma carta a Attilia. Aliás, escrevi-lhe com paixão; porque ela está cada vez pior.

Daqui a uns dias Marcello Capri vai ser transferido para Florença; por isso, quase não trabalha mais. Sou eu que devo fazer o trabalho dele, e ele só se dedica a cortejar a filha do engenheiro. Trocam olhares por horas a fio, já sem reservas.

Os carregadores e os carroceiros, sentados onde bate o sol, se divertem e riem às gargalhadas. Alguém prepara um cachimbo e vai fumá-lo ali; para apreciar os dois namorados. Toda a cidade sabe, e ficamos esperando que o engenheiro apareça na estação.

De repente, uma mulherona robusta e musculosa pega a moça pelos ombros, a arrasta para a cortina e lhe dá dois tabefes.

Os carregadores e os carroceiros se levantam e, andando até debaixo da janela, xingam e gritam debochadamente. Capri fica mal; para não piorar as coisas, porém, ele se resigna. E, acendendo um cigarro, vai até a praça.

Todo domingo uma filha do chefe da estação vem passear sob a marquise; e um irmão dela, bem mais novo, a conduz pela cintura.

Todos a apontam para mim; e me incitam a olhá-la ao menos uma vez. Mas como fiquei vermelho quando, ao sair pela porta, encontrei Némora atravessando os trilhos para ir a uma casa fora da cidade!

A filha do chefe da estação parou imediatamente de passear.

Faz duas noites que não durmo, terminando um trabalho que me confiaram. Bebo o terceiro café; mas os olhos já não ficam abertos. Embora eu tenha pegado a melhor luminária, não consigo ver bem. O auxiliar foi para casa; o telegrafista dorme em seu quarto.

Eu me atrapalho, porque os carregadores se reuniram e agora fazem uma grande algazarra com a irmã de um deles.

Eu poderia fazê-los se calar, mas em vez disso me irrito. Parece que se debatem entre as caixas; depois riem todos juntos. Até a garota solta palavrões.

Certa noite, depois de observar o céu estrelado, eu me sentia perdido; e os poucos passos que me separavam de minha casa pareciam quilômetros e quilômetros.

Um assombro angustiante me impelia àqueles espaços, sem abandonar um sequer; e as nuvens ventavam sobre minha cabeça. Eu tinha medo de não ser mais como os outros, e me convencia de que não voltaria nunca. Mas então me vi estirado, morto, numa cama de campanha, com um padre que lia um livro; e desde aquele instante sempre me senti um outro.

Porque é preciso acreditar naquilo que se pensa.

No olivedo se vê isso só de olhar as estrelas.

Dentro das sebes, alguns insetos se movem, fazendo farfalhar a terra e as folhas .

Um homem, que passa o dia todo na enxada, volta para casa. Mas eu nunca vi direito seu rosto. Percebo que está exausto e puxa uma perna. Nas noites em que ele não passa, olho a terra, do campo, já que ela me faz pensar nele; como se ele fosse feito mais de terra que de carne, como eu.

Um carroceiro ameaça apunhalar um colega meu que precisa aplicar o novo regulamento estabelecido pelo chefe da estação.

Agora há uma grande venda de coelhos, galinhas e gansos. Todas as sextas, o banco da estação fica lotado de gaiolas que esperam os trens diretos. Não tenho nem tempo de almoçar; os vendedores vêm me chamar até na taberna.

Mas os carregadores vão e vêm em torno das gaiolas das galinhas e conseguem tirar os ovos lá de dentro, com a ajuda de um graveto comprido.

O mais hábil chegou a beber sete deles.

Mas eu invejo toda essa gente rica e elegante que viaja nos trens de luxo.

Nessa noite, quando um trem se pôs em movimento, entrevi um casal que, em pé no meio do vagão, se beijava. Foi o beijo mais castamente apaixonado que eu poderia testemunhar. Tanto o homem quanto a mulher deviam ter se esquecido de tudo e, com as bocas coladas, gozavam aquela felicidade que só poucas vezes é consentida.

Seguindo a estrada ao longo da cerca dos trilhos, encontro a namorada de Capri. Ela evita entrar na cidade; pensando que eu a vira ser esbofeteada, fez um gesto de voltar atrás e pareceu tonta de vergonha. Mas, quando estamos a poucos passos um do outro, ela me fixa com os olhos claríssimos, brilhantes; e depois some correndo pelo portão de casa.

Não fiz amizade com ninguém daqui; e já solicitei a um inspetor minha transferência para alguma outra cidade — Florença, por exemplo.

Para mim, é impossível viver aqui.

Hoje, na taberna, topei a meu lado com um colega processado por furtar 500 liras do caixa da estação. Mas a benevolência e a amizade das testemunhas o absolveram; e ele espera que a administração o readmita no serviço. Está sozinho e pobre.

Noto com quanta desenvoltura ele fala com as pessoas e como consegue fazer-se respeitar. Ninguém o despreza. Ao contrário, passa os dias em nosso escritório, embora o chefe da estação o tenha proibido.

Quis justificar-se comigo, dizendo que todos fazem assim. E, quando lhe respondi que não era verdade, me olhou com um sorriso de desprezo.

Sempre afeta um tom de importância; até com a dona da pensão, a quem ele deve muito dinheiro.

Deseja que o mandem para alguma estação solitária da Maremma, e percebe-se que tenta se reabilitar; está sempre alerta para que não falem dele.

Posso agir mal, porém não me sinto à vontade na companhia desse desajustado, que me diz com ressentimento:

— Por que a administração quis me manter aqui? Sempre pedi a transferência para outra estação, onde eu possa, nas horas livres, passear sozinho pelos bosques, onde eu possa ficar muitas horas sem falar com ninguém. Só assim eu seria feliz.

Por que não tenho vontade de erguer os olhos, se a lua já brilha?

O escuro que há em mim me inebria.

Porque gosto mais desta tristeza, maior que o clarão da lua; gosto muito deste silêncio!

A lua irá embora sem que eu tenha erguido os olhos.

A ponta da lua, meio torta e consumida por todas essas horas de vento, me provoca a mesma compaixão dos cavalos de madeira que chacoalham girando em volta do carrossel porque são mal cortados.

Pelo menos o carrossel me dá uma alegria que me deixa tonto, como se eu tivesse bebido demais e como se toda a minha juventude me fizesse bater com a cabeça no muro, sem entender mais coisa nenhuma. Pelo menos aqueles cavalos têm o estômago e a boca cheios de madeira e não sentem fome.

Do escritório vejo a montanha de Lucca verdejando entre casas, pontes e estradas.

Quando entro na pensão, dona Marianna está amamentando a filha. O marido está com as mãos apoiadas no mármore da mesinha onde há formas e frascos para a produção de queijo.

O menino mais velho, com catarro no nariz, quebra um prato; apanha, e o arrastam chorando para fora. Dona Marianna precisa deixar a filha no chão para me servir.

Enquanto abotoa o vestido, me pergunta:

— O que vai comer?

— O que tem?

Não se lembra de pronto, mas depois acerta:

— Massa ao sugo.

— Então se apresse.

Ela sorri e diz:

— Sempre com pressa!

Fico muito nervoso, e o diretor me pergunta:

— Quer um pouco d'água?

— Sim, não me sinto bem.

— Então beba vinho, ora...!

E me enche o copo. Está mais tinto que de costume; depois de me observar longamente, ele pergunta:

— Por que não quer ficar em Pontedera?

Pelo tom de voz, percebo que não se afeiçoou nem um pouco a mim; por isso não respondo; e escuto os donos da pensão, que estão começando mais uma briga. Dona Marianna diz a ele:

— Por que não segura um pouco a menina no colo? Preciso cozinhar a carne.

— Segure você; eu suei até agora, contando os tijolos.

Ela chora; e ele se enfurece mais ainda, dirigindo-se a nós:

— É a nossa miséria. Quando a gente não precisava ficar aqui, gostávamos mais um do outro.

Ela se aquieta; mas o diretor me dá uma cotovelada e diz:

— Eu cortaria a garganta dele com esta faca.

Os botões de rosa são como pontas de lápis vermelhas; mas não as uso. E não se sabe o que quer o vento nem de onde vem.

Espero uma boa notícia de Attilia; e estes tremores frios são mais voluptuosos que os raios de sol.

A doença de Attilia me preocupa; e lhe escrevo com uma apreensão que não me dá paz. Se eu tivesse um dia de licença para ir a Florença!

Enquanto mordisco o pedacinho de pão que sobrou do café, entra um inspetor acompanhado pelo diretor. O inspetor dá uma olhada indiferente aos meus registros e se senta em outra mesa para ver se encontra algum erro de cálculo, pois há três meses cinco ou seis altos funcionários da administração têm circulado por aí.

Está pálido e parece torturado. O diretor o observa; depois, pede permissão para se retirar. Então entra outro inspetor, com a cara toda torta e cheia de vincos, a boca repuxada de um lado e os olhos esticados sob óculos de armação dourada.

O silêncio aumenta. Mas o inspetor não olha ninguém; fala sorrindo com o colega, que lhe demonstra uma deferência muito evidente. Então pergunta:

— Quem é o empregado que deve prestar esclarecimentos?

Um assistente, que estava parado na entrada, responde com a maior desenvoltura possível:

— Sou eu.

E a sabatina começa.

O sino toca meio-dia; e eles ainda discutem, multiplicam e somam. Mas as contas nunca fecham. O inspetor que entrou primeiro suspira várias vezes; e o segundo se mostra mais severo que nunca. O empregado empalidece, mas alega vivamente que não é culpado. Os outros não acreditam e, por fim, se levantam. A conversa entre nós, empregados, recomeça logo em seguida.

7 DE ABRIL

Marcello Capri partiu ontem à noite. Fizeram-lhe um jantar de despedida, do qual não participei porque estava muito cansado. Ele prometeu visitar minha família.

Reencontrei a namorada dele. Parece que chorou, e demonstra uma seriedade ridícula.

9 DE ABRIL

O calor está chegando. Eu recopio o inventário da estação; mas me canso quase imediatamente e preciso repousar a cada quinze minutos. Meus olhos se fixam nos campos.

10 DE ABRIL

Némora não esteve mais com dona Marianna. E eu não penso mais nela, embora isso me pareça impossível. Mas realmente a esqueci.

12 DE ABRIL

Um cobrador de cara enorme e aparência doentia fala de propaganda socialista com um assistente, na sala do telégrafo.

Eu protocolo algumas cartas; e, na planície pisana, o céu se enche de grandes nuvens.

Um aparelho se move e começa a bater numa tira de papel, num matraquear irritante.

O assistente tira o cachimbo da boca, para de conversar com o cobrador e põe o aparelho em movimento. Então se ouve uma série de estalidos metálicos que deixam prontamente seus sinais azuis na tira de papel. Por fim, o assistente responde e dá uma ordem na sala ao lado.

16 DE ABRIL

Recebo duas cartas. Uma me diz que minha irmãzinha nasceu; a outra, que Attilia está muito mal.

Então mostro a primeira ao chefe da estação e obtenho uma licença de dois dias para ir a Florença. Tenho quase o pressentimento de não voltar mais a Pontedera e ponho todas as minhas coisas na mala. Despeço-me rapidamente dos colegas e parto. O diretor mal me responde; já o vice-diretor me cumprimenta com um aperto de mão. Drago não dá mostras de querer continuar a amizade comigo, e vou cumprimentar dona Marianna só por conveniência.

Ao subir no trem, gostaria que houvesse alguém para se despedir de mim; alguém que fechasse a porta para mim, como se faz com as pessoas a quem se quer bem. No entanto, não há ninguém. O assistente de serviço me dá uma olhada de viés, quase malévola; e não responde ao último aceno que lhe faço com a mão. Contudo, antes de me sentar e ver quem está na cabine, apareço na janela. Tinha me afeiçoado a Pontedera mais do que supunha; mas me prometo que não voltarei mais, nem que perca o emprego. Onde estará Némora a esta hora? Nos estabelecimentos industriais as vidraças já estão iluminadas pelas luzes de dentro; uma mulher chega à janela e se retrai antes que eu possa ver se a reconheço. A estação se esconde. Então ponho a mala no compartimento de cima; e me sento. Tenho as mãos no bolso, e estou muito triste.

Desses dois meses, me resta apenas uma veladura de fastio e de tédio.

17 DE ABRIL

Cheguei a Florença depois de meia-noite. Caminho pouco à vontade, como se nunca tivesse estado aqui. E, já que amanhã de manhã quero ver logo Attilia, sem que meus parentes saibam, vou passar a noite num hotel. Como me sinto melhor em Florença! Quase me pego beijando os travesseiros da cama! Mas queria estar logo com Attilia.

No trem perguntei a um senhor de idade se eu estava certo em visitar primeiro a namorada; e lhe contei das duas cartas. O homem se recusou a expressar sua opinião e não quis mais falar comigo. Mas a esta altura, mesmo que tenha feito a pior opção, já estou dentro do hotel. Vou acordar bem cedo.

Attilia já estava morta. Não sei por que, quando recebi a notícia ao subir as escadas, após indagar a uma mulher que descia chorando, me perguntei se não deveria voltar atrás. Seus parentes não me conheciam e não sabiam nada de mim. Eu tinha a impressão de que Attilia queria me meter medo e que eu não a deveria rever; tampouco me parecia verdade que estivesse morta.

Mas, parando ali, como se me tivessem detido, comecei a chorar. E chorei quase uma meia hora. Quando tive a certeza de que não choraria mais, aproximei-me da porta e bati; mas com um pé pronto para descer as escadas.

Quem veio abrir foi a mãe dela, que eu tinha visto várias vezes com Attilia. Sem me dizer uma palavra, ela me olha. Seus olhos negros estão amolecidos de choro. Antes que eu possa abrir a boca, me retorna a vontade de chorar; e gosto que ela me veja chorando.

Então, timidamente, me pergunta:

— Quer entrar?

Dou um passo à frente, mas ela ainda pergunta:

— Quem é o senhor?

Não quero dizer que eu tinha relações com sua filha; em vez disso, balbucio meu nome. Depois, já sem prestar atenção a ela, termino de entrar; dou uma olhada na casa e percebo qual é o quarto. Como se tivesse tido permissão para isso, me aproximo, meio na ponta dos pés; porém, antes de entrar ali, me viro para a mãe; e a vejo a meu lado, sem que a tivesse ouvido caminhar: ela me olha com um espanto temeroso.

Neste instante, não tenho a coragem nem de explicar-lhe quem sou nem de entrar no quarto. Soluço forte e escondo a cara na parede. De dentro do quarto sai o pai, já vestido de preto. Tomo-lhe as mãos e as deixo molhadas de lágrimas. Murmuro mais uma vez:

— Eu quero vê-la.

E penso uma coisa insensata: "Se Attilia me visse chorando assim, ficaria feliz. Ela sabe que eu a amo".

Mas, sem explicar quem sou, digo a mim mesmo que não posso entrar: parece-me quase uma profanação ao pudor de Attilia. E não posso mais adiar, de modo nenhum, o momento de vê-la.

Depois de explicar tudo, ninguém me diz nada; apenas a mãe me fala:

— Entre.

Mas tenho medo de vê-la! Primeiro fecho os olhos; então, só para não trombar talvez com a cama, torno a abri-los olhando mais acima de onde ela jaz. Vejo apenas a ponta de quatro velas acesas sobre a mesa de cabeceira; e um rosário entrelaçado nas ferragens da cama. Preciso baixar os olhos! Encontro o rosto de Attilia. Tenho o impulso de beijá-la imediatamente, de tão perto que estou, e quase a toco com meu queixo; mas vejo suas mãos cruzadas no peito. E sinto a cabeça girar. As mãos estão geladas, e a pele do rosto, branca e um pouco úmida. Como se me cortassem o pescoço com um só golpe, beijo-lhe a boca. Não choro mais; porém, quando percebo que dentro de seus olhos restou o mesmo olhar de antigamente, como uma cola turva, minhas pernas se dobram e eu desmaio.

Recobro os sentidos, procuro outra vez aquele olhar, que deve ter sido dirigido a mim; e não há mais nada lá: todo o rosto foi lavado pela morte.

A noite veio, e não tive ânimo de ir para casa. Ou melhor, não quis ir.

Minha mãe estava bem, todos estavam felizes. Consegui fingir tão bem que pensaram que eu estava apenas cansado e um pouco desorientado. A menina estava quieta e de olhos abertos; toda enfaixada nos lençóis. Meu pai aproximou a lâmpada elétrica de seu rosto, por trás da cabeça, para que eu pudesse vê-la sem a incomodar.

Naquele instante, quase como sentindo a luz, a menina esticou a boca, e os lábios entraram para dentro. Levantei-me na ponta dos pés para ver melhor seus olhos, e me veio de pensar no olhar de Attilia.

Minha mãe, como se suspeitasse de algo, me perguntou:

— Por que a está olhando assim?

Os pais de Attilia nunca me deixariam partir. Fiquei metade do dia ao lado dela; virão buscar seu corpo esta noite. Como o tempo passa!

Antes, passo rapidamente em casa; e digo a minha mãe:

— Se ainda não escolheu um nome, deve chamá-la de Attilia.

— Não me agrada. E de onde lhe veio esse nome?

Não quero dizer a verdade, porque estou certo de que ela não a chamaria assim; mas de repente invento:

— Tive a ideia no trem. Se quiser que eu goste mais dela que das outras irmãs, dê-lhe esse nome. Então não tenho também o direito de escolher o nome de minha irmã?

— Já que você veio a Florença para vê-la recém-nascida, se me prometer que não vai mais virar a cabeça por nenhuma garota, vamos chamá-la assim. Mas você bem que podia ter achado um nome que me agradasse mais!

E fui acompanhar minha noiva até o cemitério de Trespiano, pedindo-lhe perdão por minha mãe.

20 DE ABRIL

Eu já deveria voltar para Pontedera, mas meu pai me prometeu que vai visitar um figurão das Ferrovias, amigo dele, para que me arranjem um cargo em Florença ou noutra cidade maior.

22 DE ABRIL

Fico em Florença.

NOTAS AO AUTOR E À OBRA

MARIA BETÂNIA AMOROSO

O romance que se traduz agora, *Memórias de um empregado*, do escritor italiano Federigo Tozzi (1883-1920), foi publicado pela primeira vez na Itália em 1920, no mesmo ano em que seu autor morreu.[1] Demorou muito, portanto, para ser traduzido, mas foram sempre lentos os tempos da recepção do escritor mesmo na Itália.

---

1. Conhecemos apenas outro romance de Tozzi traduzido no Brasil: Tozzi, Federigo. *Três cruzes*. Trad. Antonio Ramos. Introd. Carmelo Distante. Petrópolis/São Paulo: Editora Vozes/Istituto Italiano di Cultura e Instituto Cultural Ítalo-Brasileiro, 1990.

A virada interpretativa se deu nos anos 1960 pela leitura do crítico italiano Giacomo Debenedetti, não menos desconhecido por aqui do que Tozzi. Na verdade, Tozzi passa a ser considerado provável candidato ao cânone literário do século XX somente após a militante presença do crítico. E isso se dá na década de 60 do século passado. Como se verá, minhas observações sobre Tozzi (mais do que sobre o romance) foram todas elas permeadas e contrapostas pelas observações debenedettianas, por questões que nasceram, acredito, do fato de estar lendo o romance hoje.

A primeira observação a fazer é que no conjunto da produção do escritor italiano há bem mais do que romances. São extremamente particulares, a meu ver (seguindo de perto a crítica mais contemporânea), as "prosas-líricas", como as publicadas sob o título *Bestie* (*Animaizinhos*, numa possível tradução).

A coletânea dessas pequenas prosas foi publicada em 1917. De acordo com as leituras acumuladas até aquele momento sobre o autor, e também a partir do lugar menor que se reservava para Tozzi em relação aos demais escritores italianos seus contemporâneos, o modo mais consensual de compreendê-las era como mais um exemplo daquele autobiografismo no qual os *outros* figuram para a definição do *eu*. Feitas de fragmentos, essas autobiografias, mais próximas da poesia do que da prosa, marcam as primeiras décadas do século XX com muita presença. Há outros traços recorrentes ainda: pesa para a leitura crítica da época a biografia de Tozzi, que toma a crônica de sua vida como critério para compreender a obra. Resumindo muito, uma vida de intelectual de província — era natural de Siena, toscano, portanto, transferindo-se para Roma em 1914 —, atribulada pelas péssimas relações com o pai, pelas dificuldades em se assumir ou em ser reconhecido como escritor e ainda pelas difíceis condições econômicas. Durante muito tempo, Tozzi foi visto como escritor *intuitivo*, isso querendo significar a falta de uma formação intelectual consistente. Essa lenda se romperá com os estudos de Marco Marchi e outros, que sondaram as leituras e os autores preferidos do escritor. Encontraram-se registros dos livros lidos: Giosuè Carducci, Johann Wolfgang von Goethe, Ovídio, Dante Alighieri,

Gabriele D'Annunzio, Henrik Johan Ibsen, Giacomo Leopardi; entre esses, destacam-se a presença do americano William James e sua pesquisa sobre a psicologia.[2]

Pesa muito também sua impulsiva e agressiva (e curta) luta em defesa de valores de uma civilização católica que ele via definhar no novo século. De 1913 ao início de 1914, ajuda a fundar e dirige a revista *La Torre*, "órgão da reação espiritual italiana". O editorial do primeiro número explicita o programa da publicação: o tom é muito semelhante ao dos manifestos futuristas — "dessacratório", combatente e moralista. Segundo Baldacci, Tozzi faria parte de uma categoria específica de católicos: "[...] [tendo] crescido dentro do cristianismo, dele se afasta para, em seguida, retornar, porque o cristianismo — aquele cristianismo — era sua dimensão natural. Foi sempre vivido, porém, como

---

2. Para um breve quadro, ver: Baldacci, Luigi. "Una discussione", in *Tozzi moderno*. Torino: Einaudi, 1993, pp. 65-84; e Marchi, Marco. "Cronologia", in Tozzi. *Opere*. Romanzi, prose, novelle, saggi. A cura di Marco Marchi. Introduzione di Giorgio Luti. Milano: Arnoldo Mondadori Editori, 1987, p. XXXVI.

uma doença devastadora e sentido unicamente como apocalipse e negação do mundo."[3]

Voltemos para Debenedetti, um dos primeiros a apontar valores modernos da narrativa tozziana.

Nascido em 1901 e morto em 1967, foi intelectual, jornalista, editor, freelancer no mundo cultural italiano da primeira metade do século XX, ensaísta, romancista, roteirista de cinema, e só tardiamente entrou para a universidade. O poeta e crítico Edoardo Sanguineti foi certeiro ao comentar que sua crítica era, na verdade, *narração crítica*, isto é, a história da literatura é dramatização de destinos e formas.[4]

Talvez seja, em absoluto, entre os críticos italianos do século XX, aquele que mais indagou sobre a história do romance, sobre as diferenças entre o romanesco do século anterior, na idade

---

3. Baldacci, Luigi. *Tozzi moderno*, op. cit., p. 17.

4. As ideias de Debenedetti que aqui reproduzo foram extraídas principalmente do livro de sua autoria *Il romanzo del Novecento*. Milano: Garzanti, 1987; e de Berardinelli, Alfonso. *La forma del saggio*. Definizione e attualità di un genere letterario. Venezia: Marsilio Editori, 2002.

clássica e de amadurecimento do gênero, e o do romance contemporâneo. Suas indagações, contudo, parecem nascer do movimento da leitura que ele faz de alguns que serão seus autores prediletos: Marcel Proust, no romance europeu, depois Luigi Pirandello, Italo Svevo e o nosso Federigo Tozzi (Tozzi, portanto, está em excelente companhia). Mas há outras grandes presenças ainda: Sigmund Freud (que ilumina a irracionalidade), Carl Jung (pela abertura para a mitologia e para a religião) e Francisco De Sanctis (literatura como expressão de um desejo de nação).[5] Tudo o que diz respeito à literatura é visto por Debenedetti a partir do romance, a forma mais vigorosa e vital da literatura moderna que propicia o melhor modo de nos conhecermos, de entendermos nossas vidinhas. É *instrutivo*, diz ele, seguirmos na narrativa a história e o destino dos personagens. Quando, no século XX, a relação entre o autor e seus personagens muda radicalmente — e Debenedetti cunha a famosa expressão "greve dos per-

5. Francisco De Sanctis (1817-1883) é o autor da importantíssima *Storia della letteratura italiana* (1870-1871).

sonagens" —, muita coisa se transforma, mas o romance permanece ligado às suas tarefas de épica moderna: se no século XIX se tratava da "épica da realidade", no XX foi substituída por uma "épica da existência" (o que já nos explica a pouca atenção reservada a Cesare Pavese e Elio Vittorini, que, de algum modo, tentam restaurar uma "épica da realidade"). Os personagens se rebelam contra seus autores, não estando mais dispostos à submissão anterior, e estaria se delineando, dizia Debenedetti, no romance moderno, uma "declaração dos direitos dos personagens".

Esse modo dramatizado do seu fazer crítica, crítica essa que se lê como um romance, encena as relações entre o leitor e a obra, essa troca que faz com que reconheçamos no personagem, nesse "*homo fictus*", alguém parecido, fraternalmente parecido. Com James Joyce e Marcel Proust a troca ainda é permitida, mas nos anos 1960, com movimentos como o Novo Romance francês ou com a última vanguarda italiana do Grupo 63, Debenedetti adverte que as relações entre leitor e autor, entre crítico e obra, se tornam difíceis, tudo uma "arcádia abstrata".

Portanto, quando chega perto daquilo que ficou conhecido como antirromance ou anunciado como a "morte do romance", Debenedetti para. E para porque seu modelo maior é o romance do século XIX e porque ainda via nas formas concretas assumidas pelo gênero até a segunda metade do XX a possibilidade de o personagem encarnar um destino, mesmo que pouco positivo como o de Mattia Pascal ou Zeno Corsini.

Acima de tudo, denuncia, como crítico militante, a exígua existência de narrativas ou do romanesco na literatura italiana, dificultada para o crítico pela presença da forte tendência liricizante e autobiográfica — o fragmentismo italiano ou a prosa-poética —, amplamente divulgada e incentivada por revistas literárias influentes no início do século passado na Itália, como *Ronda* e *Voce*, que atuavam sobre o gosto do leitor e determinavam a produção dos escritores. Para Debenedetti, narrar era, entretanto, uma tendência natural, uma necessidade premente e sufocada na literatura italiana e que, à primeira oportunidade, se apresentaria de novo. E se apresentou com Pirandello, Svevo e Tozzi.

Há diferenças entre os três escritores lidos e amados, e essa diferença se mostra quando Debenedetti escreve que "Tozzi, num certo sentido, seria um primitivo do romance".[6]

Se projetássemos sobre esse pano de fundo debenettiano o romance *Memórias de um empregado*, o que teríamos?

Em primeiro lugar, o deslocamento das interpretações: afasta as leituras anteriores que diziam, entre outras coisas, ser Tozzi mais um exemplar daquela cultura das revistas já citadas, um seguidor do *decadentismo* de Gabriele D'Annunzio, do *realismo* de Giovanni Verga, leitor de Fiódor Dostoiévski, escritor católico, cristão ou expressão da crise de um intelectual provinciano às voltas com o mundo literário. Toda a sua atenção se concentra na "cultura da neurose" que outro crítico resume assim: "[...] tinha a ver com a violência de um pai contra o filho e com a inveja deste em relação ao pai; com fenômenos de regressão e afasia; com estado de ansiedade, angústia e afasia; com a

---

6. Debenedetti, Giacomo. *Il romanzo del Novecento*, op. cit., p. 100.

agressividade própria e alheia; com traumas não resolvidos, lesões profundas, mutilações, castrações e vinganças que se voltam contra quem foi o mutilador; com desamor, indiferença, incomunicabilidade, maldade e a incapacidade sentimental das crianças, enfim, com a ausência de qualquer perspectiva ética, porque, naquele mundo e naqueles níveis, os valores estão ainda por vir, ou não virão jamais e tais personagens estão destinados a não se tornar adultos".[7]

Sem dúvida é difícil não concordar que Tozzi criou um neurótico contumaz no seu romance e que *Memórias de um empregado* se constrói a partir das angústias e obsessões de um filho com a figura do pai. E também reencontramos — e aqui surge o que me parece mais interessante — o sentido da expressão "primitivo do romance": para Debenedetti, a narrativa de Tozzi "vence" o fragmentismo porque as lacunas, as interrupções, as elipses do texto são preenchidas de modo semelhante àquele descrito por Freud como o da construção

7. Baldacci, Luigi. "Le lezioni di Debenedetti", in *Tozzi moderno*. Torino: Einaudi, 1993, p. 86.

da narrativa que dá algum sentido às nossas vidas, o "romance das nossas vidas" que a análise psicanalítica nos proporcionaria.

Lido agora, tantos anos depois de Debenedetti e de Freud, talvez o que mais interesse no romance seja justamente o recurso do fragmento como negação de um sentido completo, de um sentido para a vida e realce para o ato da escrita, ou seja, a problematização do gênero romance: o primitivo se encontraria, portanto, com o pós-moderno, ou seja lá como se queira denominar o fim do século passado e o início deste para a literatura.

Observando mais de perto a escrita de Tozzi: somente uma consciência muito grande sobre o ato de compor usaria de modo tão equilibrado — embora tratando sempre de *desequilíbrio* emocional — a distribuição de cenas que são paisagens, descrição de coisas e pessoas, o jogo de escrever cartas e o diarismo. Exemplos: "Escrevo no trem, num caderninho apoiado nos joelhos [2 de março, manhã]; "E, agora, preciso escrever para Attilia [...]" [2 de março]; "Pelo menos consegui escrever uma longa carta para Attilia" [5 de março]; "Porém, como durante a manhã não teria tempo e à noite adormeço rapidamente, todos os dias, antes de me levantar da mesa, escrevo uma carta para Attilia" [5 de março à noite]; Attilia adoeceu e me escreveu por meio de uma amiga [...]" [6 de março]; "É estranho como leio com prazer as cartas que Attilia, sempre doente, me escreve por meio de sua amiga" [7 de março]; "Eu me sentia ainda mais mortificado, e ficava duas ou três horas sem falar com ninguém, com o rosto tão perturbado que todos podiam notar. Mas, exatamente nesses momentos, escrevia a Attilia [...]" [16 de março].

Tudo é olhado de fora para dentro (os olhos, os olhares e os olhados espreitam todo o texto). Exemplos: "[...] me observa sem parar [...] me olha de soslaio com uma ironia provocante e maldosa"; "Um maquinista come dois ovos, dá uma olhada no jornal aberto e outra em mim"; "[...] ambas me observam silenciosas"; "[...] Dou-me conta de minha grande antipatia e o maquinista, com um olhar atravessado, me confirma isso de maneira evidente" [2 de março]; "Nesse momento, o filho maior da dona da pensão tropeça numa jarra, cai e chora. E ela me olha como se eu fosse o culpado" [5 de março].

Cada um desses recursos reaparece ao longo do (curto) romance e interrompe a narrativa que se quer truncada. Seria "primitivo" se o modelo esperado fosse ainda o do romance-rio do século XIX, mas quem o lê agora se vê diante de um texto que é nomeado como romance mais por força do hábito. O fragmento esteve no centro no século XX e aí continua no XXI.

O exercício do fragmento percorre toda a produção de Tozzi: está no início de sua atividade literária, no livro *Novale*, que resultou da organização dada às cartas de amor trocadas com a futura mulher, Emma Palagi, nos aforismos publicados sob o título *Barche capovolte*, ou nas origens do romance que ora se traduz: nascido diário, em 1907, depois de anos e anos de elaboração, se transforma em romance-diário, em 1920; mas talvez se mostre com evidência máxima numa daquelas pequenas prosas, citadas anteriormente: "No depósito, debaixo de um barril que nem tinha mais as bordas, encontro uma mesa. Veja só! Se conseguir serrá-la como estou imaginando, vou ter uma excelente tábua de madeira. Primeiro, com uma lima triangular, amolo os dentes da serra, e em seguida, mãos à obra. A madeira é tão dura que mesmo gastando toda a graxa que estava guardada na coifa da lareira, não consigo ir até o fim. A serra esquenta e se torna avermelhada. E, depois disso, não consigo continuar. Então uso uma machadinha e ajeito a mesa do melhor modo que posso. Quando estou para terminar, percebo que há um buraco feito por um cupim. Preciso encontrá-lo! Corto a mesa ao meio; e no fundo do buraco, que gira quase como uma espiral, eu o encontro, branco e mole, com uma pontinha vermelha. Deixo que fique ali: eu sou Deus, e ele é um solitário dentro de uma Tebaida".[8]

Nada *falta* a essa prosa. Se quisermos, é um *romance* moderno na sua contratura máxima: o movimento do texto, feito de esforço muscular, calor e desejo de transformação, é interrompido bruscamente pela frase que difere das anteriores no ritmo. Essa mudança rítmica altera o tom descritivo e repentinamente altera também, por causa da mudança rítmica, toda a cena anterior, aquele

---

8. Tozzi, Federigo. "Bestie", in *Opere*, op. cit., p. 574.

museu de coisas: descoberta a microvida escavando, ziguezagueando pela madeira, todas as vidas, a do homem e a do bicho, parecem frangalhos de vida a escavar, sem saber onde vai dar, o destino comum. Inseto/homem/texto, sem saída, enfim, o "Áporo" do conhecido poema de Drummond de *A rosa do povo*.

O lirismo que se concentra de modo especial na última frase remete a uma das funções do exercício da escrita aforismática: uma espécie de laboratório para aqueles que ensaiavam a saída do mundo das belas palavras, das belas-letras, nas primeiras décadas do século passado.

Não há por que resistir à inclusão de Tozzi entre os escritores de interesse para a história da literatura.

BIOGRAFIA FEDERIGO TOZZI

1883 Nasce em 1º de janeiro em Siena, na Itália. É o oitavo filho de Ghigo e Annunziata – o único que sobreviverá à infância.

1895 É expulso do colégio por mau comportamento e vai estudar na escola de belas-artes – de onde também será suspenso dois anos depois. Em 25 de outubro, sua mãe morre.

1901 Filia-se ao Partido Socialista da Itália.

1902 Abandona definitivamente os estudos. Inicia correspondência com "Annalena", pseudônimo usado por sua futura mulher, Emma Palagi. Essas cartas serão reunidas posteriormente no livro *Novale* (1925). Após uma briga violenta, rompe com o pai.

1904 Cura-se de uma doença venérea que havia provocado cegueira temporária. Afasta-se dos amigos socialistas.

1908 Passa em um concurso e, no dia 5 de março, começa a trabalhar na estação ferroviária de Pontedera. Em 10 de maio, consegue transferência para Florença. No dia 15 do mesmo mês seu pai morre, fazendo-o voltar a Siena. Casa-se com Emma em 30 de maio e se instala na propriedade da família em Castagneto.

1909 Em 4 de agosto nasce o filho, Glauco.

1910 A revista *Pagine Libere* publica um poema e um conto de sua autoria. Tozzi escreve uma primeira versão de *Memórias de um empregado*, já na forma de diário.

1911 Publica, à sua custa, seu primeiro livro, a coletânea de poesia *La zampogna verde*.

1913 Publica uma antologia de textos de antigos escritores de Siena, o poema *La città della Vergine* e, com Domenico Giuliotti, funda a revista *La Torre*.

1914 Muda-se, com mulher e filho, para Roma.

1915 Frequenta os círculos literários de Roma e conhece Luigi Pirandello, Alfredo Panzini, Grazia Deledda e Giuseppe Antonio Borgese. Após a entrada da Itália na Primeira Guerra, alista-se como voluntário no serviço de imprensa da Cruz Vermelha.

1917 Sai o livro *Bestie*, uma coletânea de pequenas prosas.

1918 Publica diversos contos em revistas e jornais e, por indicação de Pirandello, começa a trabalhar no suplemento literário do jornal *Il Messaggero*.

1919 Publica o romance *Con gli occhi chiusi.*

1920 Em fevereiro, publica *Três cruzes*. Prepara a publicação de *Il podere* e *Memórias de um empregado*, quando fica gravemente doente, vítima da gripe espanhola. Morre em 21 de março.
Deixa várias obras inéditas, que começam a ser publicadas postumamente, como as coletâneas de contos *Giovani* e *L'amore.*

1921 *Il podere* é publicado pela editora Treves.

1923 São lançados o romance *Gli egoisti* e o drama *L'incalco.*

1927 Publicação de *Memórias de um empregado*

NOTA DO TRADUTOR

A tradução deste *Memórias de um empregado* começou a ganhar forma nos cursos de Tradução Literária que costumo ministrar na USP desde 2004 e, portanto, contou com a colaboração inicial de muitos estudantes de graduação com quem pude discutir, pensar e pesar boa parte das opções tradutórias aqui apresentadas. A eles, em especial a Amanda Mattioli, Elizabete Kutner, Larissa Morgato, Marcelo Dias, Marcus Caroni, Maria Carolina M. F. Ribeiro, Paola Cardozo, Paulo Dalcheco e Valéria Abibe, meus agradecimentos.

MAURÍCIO SANTANA DIAS

É professor e pesquisador da USP (Departamento de Letras Modernas, áreas de Literatura Italiana e Estudos da Tradução). É autor de *A demora: Claudio Magris, Danúbio, Microcosmos* (Lumme, 2009) e organizador-tradutor de *Decameron: 10 novelas selecionadas* (Cosac Naify, 2013), *O príncipe* (Companhia das Letras-Penguin, 2010), de Maquiavel, e *Correspondência de Giacomo Leopardi* (Nova Aguilar, 1996), entre outros. Como tradutor, recebeu o Prêmio Paulo Rónai, em 2008, com *40 novelas de Luigi Pirandello* (Companhia das Letras), e o Jabuti (2010, 3º lugar) com *Trabalhar cansa* (Cosac Naify-7 Letras), de Cesare Pavese.

MARIA BETÂNIA AMOROSO

É professora e pesquisadora da Universidade Estadual de Campinas (Departamento de Teoria Literária, Núcleo de Estudos de Literatura e Cultura Italiana), livre-docente na área de Literatura Comparada.

É autora de *Murilo Mendes: o poeta brasileiro de Roma* (Unesp, 2013), *Pier Paolo Pasolini* (Cosac Naify, 2002), tradutora de obras de Carlo Ginzburg, Italo Svevo, Italo Calvino e Natalia Ginzburg.

CIP-BRASIL. CATALOGAÇÃO-NA-FONTE
SINDICATO NACIONAL DOS EDITORES DE LIVROS, RJ

T679m

Tozzi, Federigo, 1883-1920
Memórias de um empregado / Federigo Tozzi ; tradução Maurício Santana Dias ; posfácio Maria Betânia Amoroso. – 1. ed. – São Paulo : Carambaia, 2015.
144 p. ; 12 cm.

Tradução de: *Ricordi di un impiegato*
ISBN 978-85-69002-05-5

1. Romance italiano. I. Dias, Maurício Santana. II. Amoroso, Maria Betânia. III. Título.

15-24914

CDD-853
CDU: 821.131.3-3

COPYRIGHT DA TRADUÇÃO BRASILEIRA

EDIÇÃO
Fabiano Curi
Graziella Beting

TRADUÇÃO
Maurício Santana Dias

POSFÁCIO
Maria Betânia Amoroso

REVISÃO
Ricardo Jensen de Oliveira
Tamara Sender

PROJETO GRÁFICO
Paula Astiz

PRODUÇÃO GRÁFICA
Lilia Góes
Toninho Amorim

EDITORA CARAMBAIA
Rua Alexandre Dumas, 1.601 cj. 23
04717-004 São Paulo SP
contato@carambaia.com.br
www.carambaia.com.br

COLOFON

O projeto gráfico deste volume utilizou a fonte tipográfica Verlag (desenhada por Jonathan Hoefler, em 2006), baseada em *lettering* do movimento Art Déco, do início do século XX, época em que se passa a narrativa de Federigo Tozzi; e a fonte Thema (desenhada por Nikola Djurek, em 2012), cujo desenho tem forte inspiração nas capitulares romanas do século II e nos tipos humanistas do Renascimento.

Este livro foi impresso em offset 90g/m² (miolo) e Curious Matter 270g/m² (capa) em agosto de 2015, pela Stilgraf.

ESTE EXEMPLAR É O DE NÚMERO

0963.

DE UMA TIRAGEM DE 1.000 CÓPIAS